Publié sous les auspices et le patronage

DE M.

# BÉRANGER.

UNE JOURNÉE

DE LA

# VIE DE LANGLOIS,

Drame historique en un Acte et deux Tableaux, en vers ;

PAR

ELIACIM JOURDAIN.

Conquérir un hommage de plus à l'Artiste,
une larme au Père de famille et à l'Ami,
une couronne au tombeau.

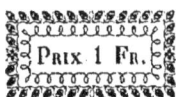

PRIX 1 FR.

PARIS,

BRETEAU et PICHERY, Libraires-Editeurs, passage de l'Opéra, 16 ;

ROUEN,                                              EVREUX,

Chez FRÈRE, Libraire, quai de Paris.        Chez les Libraires.

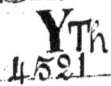

# FRAGMENTS

## D'UNE LETTRE ÉCRITE PAR NOTRE POÈTE NATIONAL,

### A L'AUTEUR.

Monsieur,

. . . . . . . . . . . . . . . . . . . . . . . . . . . .

J'ai lu vos romances, productions légères, agréables délassemens, écrits sans doute avec l'encre du bureau [l'auteur est expéditionnaire à la Préfecture de l'Eure] et un peu aux dépens des heures que vous lui devez. Nous autres *expéditionnaires* nous n'y manquons jamais . . . . . . . . . . . . . . . . . . . . . . . . . . . . .

Votre drame [STENIO, premier essai de l'auteur] offre des marques plus sûres d'un talent capable de se développer heureusement et d'atteindre peut-être un jour aux plus beaux succès de l'art. La méditation vous révélera ce qui peut vous manquer encore, Monsieur. Dès à présent, avec une certaine verve originale de style, vous montrez de la sensibilité, de la chaleur, et semblez éviter habilement de tomber dans la vulgarité et l'exagération. . . .

Je souhaite, Monsieur, que de nouvelles œuvres viennent confirmer mes pronostics. Vous êtes né d'un sol à jamais consacré chez nous par les Muses du théâtre; puissent-elles compter en vous un favori de plus. C'est un vœu que je forme bien sincèrement, et vous pouvez croire au plaisir que j'aurais d'applaudir à vos succès. Vu mon âge avancé, j'allais vous dire : Dépêchez-vous; ce serait de l'égoïsme. J'aime mieux vous dire : Mettez-y le tems . . . . . .

BÉRANGER.

7 octobre 1840.

1842

# DU SUJET DE CE DRAME.

Nous trouvons, dans un des derniers numéros du *Courrier de l'Eure*, l'annonce d'une nouvelle publication qui ne peut manquer d'exciter vivement la curiosité des amis et des admirateurs de notre célèbre compatriote E. H. LANGLOIS, et surtout des personnes qui ont connu la vie privée de cet artiste. C'est un drame historique, en un acte et en vers, de M. *Eliacim Jourdain*, intitulé : UNE JOURNÉE DE LA VIE DE LANGLOIS.
Nous rendrons compte de cette brochure, aussitôt qu'elle aura paru.

*Revue de Rouen. — Juin 1841.*

⋆⋆⋆⋆⋆⋆

## Extrait d'une lettre écrite par M. Ch. RICHARD, à l'Auteur.

*Monsieur,*

.....................

*Les occasions sur lesquelles je comptais m'ont manqué pour vous renvoyer le manuscrit que vous avez eu la bonté de me confier. Je n'ai pu vous dire plus tôt avec quel intérêt je l'ai lu. Je suis fier qu'une de mes minces productions ait pu vous l'inspirer. Sans entrer dans des détails qu'une conversation seule pourrait me permettre, je ne veux cependant pas négliger de vous dire ce qui m'a surtout frappé dans votre œuvre, c'est la facilité de versification et le talent dont vous faites preuve pour frapper le vers, talent que l'étude des hommes et des choses à laquelle vous vous livrez, ne pourra que grandir et perfectionner encore....*

Ch. RICHARD,
Rédacteur de la *Revue de Rouen.*

## MISÈRE, SAVOIR ET CARACTÈRE
### DE
## LANGLOIS.

« ..... Lorsque c'était l'hiver, et que, gelé par la bise, vous étendiez votre main sur le poêle de fonte, le fer
» glaçait votre main, car il n'y avait pas de feu non plus dans la cheminée : vous voyiez s'agiter le châssis couvert
» de papier en lambeaux, qui cachait la tristesse de ce foyer désolé; les trous dont il était criblé, laissaient
» échapper des bruits étranges, des grelottements plaintifs, des cris étouffés, c'étaient ses pauvres petits enfants
» qui couraient se cacher dans cette retraite, à l'arrivée d'un étranger, comme des souris dans leur trou, car ils
» étaient tout nus!.. Et, au milieu de cette scène poignante, vous apparaissait un homme plein de grandeur, de
» stoïcisme et de sérénité. Son érudition était si profonde, si variée, si imperturbable, son imagination si vive
» et si colorée, sa parole si animée, si pénétrante, qu'il vous avait bientôt fait oublier le froid et sa misère. Et
» vous sortiez émerveillé, admirant cet homme et l'aimant, l'aimant de tout votre cœur; et quelquefois, cet
» homme si plein de verve, de gaîté, de bonhomie et de tendres sentiments, n'avait pas mangé depuis plusieurs
» jours.

» .... Je ne voudrais pas dire que Langlois ne fût parfois hargneux, ombrageux, irritable, susceptible, cy-
» nique, emporté au dernier point : il était souvent tout cela; mais ce n'était-là que son caractère artificiel; et si
» les souvenirs irritants de tout ce qu'il avait souffert s'exhalaient en emportements et en épigrammes, jamais ils
» ne descendaient dans son cœur. Le cœur de Langlois, sans rancune et sans fiel, était l'asile des plus nobles sen-
« timents et des plus tendres.... »

Ch. RICHARD.

# UNE JOURNÉE

## DE LA

# VIE DE LANGLOIS,

Drame historique en un acte et deux tableaux, en vers;

PAR

## ELIACIM JOURDAIN.

### PERSONNAGES :

LANGLOIS, archéol.-dessin.-peintre-graveur.
Sir MACKENSIE, dessinateur anglais.
* RODRIGUE, fiancé de Marie-Ange.
* ARTHUR DE SERTILLAN, fashionable.
FONTENAY, ami intime de Langlois.
* SIMONNET, élève de Langlois.
LA FEMME de Langlois.
MARIE-ANGE, fille de Langlois.

ISMAEL,
EUGÈNE,
LOUIS,  } petits enfants de Langlois.
JULIETTE,
* LEFROID,
* LIGNOL,  } sicaires.
* LA MAÎTRESSE DE SERTILLAN.
* UN LAQUAIS. — UNE PATROUILLE. — UN CHIEN.

* Personnages d'invention.

Rouen, 1826.

---

## PREMIER TABLEAU.

La scène représente un grenier, servant d'atelier à Langlois. Au fond, une porte assez large, ouvrant sur une galerie extérieure à balustrade; tout en face se remarque la partie supérieure d'un riche hôtel. A droite, au premier plan, une fenêtre; au second, et formant pan coupé, une cheminée, fermée avec un châssis couvert de papier en lambeaux, et surmontée d'un crucifix de buis. A gauche, une porte basse. Des objets d'art d'un grand prix et de riches manuscrits, sont jetés pêle-mêle sur la table qui règne au milieu de la pièce, sur la cheminée, les chaises, à terre. Un poêle de fonte, dont le tuyau se perd dans le manteau de la cheminée, est placé le long du mur de fond, entre la cheminée et la porte d'entrée. Chevalets supportant des tableaux, vieilles armes du moyen âge appendues aux murailles. Un thermomètre à la cheminée. Le nom de Marie se lit, de place en place, sur les murs. — Le jour commence à paraître.

### SCÈNE I.

### SIMONNET, LE CHIEN.

SIMONNET, regardant par la fenêtre.
Vieux chenapan d'hiver, va! — Le diable m'emporte,
Il gèle à ne pas mettre un Anglais à la porte,
Caressant le chien,
A plus forte raison, ce respectable chien,
Qui voudrait déjeuner d'un mollet autrichien,
Dîner d'un Moscovite et souper d'un... achève! —
Éloquent comme aux jours où notre grand'mère Ève
Succombait, la gourmande, à la tentation.

Prenant le chien dans ses bras et le portant dans la pièce voisine.
Viens coucher sur ma veste, et fais attention
De ne pas fricasser le tuyau de ma pipe,
Si tu crains le pain sec, mon petit Latulipe.
Rentrant en scène et chantant.
« Fuyez les jeux innocents,
» Jeunes femmes, jeunes filles,
» Surtout si vous êtes gentilles. » (bis.)
L'an de grâce vingt-six, avecque dix-huit cents,
N'est pas très-gracieux... Eh! mais, en conscience,
Nous sommes un gaillard tout farci de science :

Le Normand, né pointu, créa le calembourg.
Ouais ! qu'est-ce qui dirait que je suis du Neubourg,
La bourgade la moins…? Le Ciel vous en préserve !
Ah ! je devrais parler avec plus de réserve
Du lieu qui vit jouer le premier opéra,
Et qui ne chante pas plus juste pour cela.
N'importe, je voudrais avoir cinquante tonnes
De son cidre. — Il fait froid ! Bah ! et tu t'en étonnes ?

*Descendant la scène, et considérant son pantalon tout couvert de peinture.*

Voilà mon haut-de-chausse un peu fort en couleur…

*Apercevant le thermomètre.*

Mais j'aperçois là-bas le mesure-chaleur.
Voyons si j'ai motif à battre la semelle
Comme un diable aspergé d'eau bénite…

*Il remonte la scène ; mais entendant ouvrir la porte latérale, il revient de nouveau sur le devant du théâtre. La femme de Langlois, mal vêtue, les yeux hagards, entre furtivement, sans voir Simonnet, cherche quelque chose sur la cheminée, et ne le trouvant pas, sort avec l'expression de la plus vive contrariété.*

SIMONNET, *à part, la considérant s'éloigner.*
          Femelle !

*Regardant le thermomètre.*

C'est impossible !.. Si !.. Peste du numéro !
Excusez ! neuf degrés au-dessous de zéro,
Et des anciens, encore ! Ayez donc du génie !
Dites-moi n'est-ce pas une amère ironie
Qu'un thermomètre ici, l'hiver comme l'été ?
Pourtant, depuis le monde, il est bien arrêté, —
Et c'est de la science un des plus beaux prodiges,
Baste ! une découverte à traîner en quadriges,
Que le grenier du pauvre est de glace à Noël,
Et de feu, quand Crésus, étendu sous l'ormel,
Boit l'amour à longs flots, aux accords de la lyre. —
Le pauvre ne devrait jamais apprendre à lire,
Pour ce que ça lui sert ; d'ailleurs, grâces aux cieux,
Ce bas monde est rempli de gens officieux,
Toujours prêts à fourrer le nez dans vos affaires,
A vous lire gratis, de leurs voix les plus claires,
Un billet anonyme, une sommation,
Comme un prêtre à donner sa bénédiction. —
Un poêle et rien dedans ! rien, pas une bûchette,
Pas une once de houille, un barreau de couchette !

*Jetant les yeux sur le crucifix.*

Ce serait à brûler le gibet du Sauveur !
Quand je resterai là, planté comme un rêveur,
A regarder la terre et ce morceau de marbre,
Ça ne fait pas pousser, que j'aperçoive, un arbre,
Et ça ne range point cet atelier non plus.

*Tirant sa montre.*

Sept heures ! j'ai le temps.

*On entend l'Angelus.*

          Ah ! voici l'Angelus.

*Geste d'impiété.*

Mon irréligion me deviendra funeste !—
Ranger ! quoi, s'il vous plaît, puisque l'on m'admo-
Et cela, sur un ton quelquefois incivil,    [neste,
Accompagné d'un v'lan ! à certain endroit vil…

*Prêtant l'oreille.*

S'il m'entendait, j'aurais, oui, du fil à retordre,

Chaque fois que je trouble, hélas ! ce beau désordre,
Qui n'est cependant point, certe, un effet de l'art,
Comme dit Nicolas Despréaux quelque part.
Encore un courtisan d'une espèce nouvelle,
Malgré les beaux discours sortis de sa cervelle,
Contre les vils flatteurs à plumes et pourpoints,
Auxquels il aurait pu souvent rendre des points.
Bah ! à moraliser je crois que tu t'amuses ?

LANGLOIS, *dans la galerie, sans être vu.*
Vrai bouge de poète abandonné des Muses !
Et rêvant aux moyens de faire un beau trépas,
Pour se venger de sots qui ne le sauront pas. —
Echelle de meunier…

*Bruit de pas d'un homme qui chancelle.*

SIR MACKENSIE.
Diable !

LANGLOIS, *effrayé.*
          Miséricorde !
Ne quittez point la rampe, ou mieux, la vieille corde.

## SCÈNE II.

SIR MACKENSIE, *enveloppe dans un ample et riche manteau ;* LANGLOIS, *vêtu d'une vieille et étroite robe de chambre, fermée par une ceinture, nu-tête et chaussé de mauvaises pantoufles ;* SIMONNET, *sans être vu.*

LANGLOIS, *avec un tendre intérêt.*
Que vous m'avez fait peur !

SIR MACKENSIE, *lui tendant la main,*
          Bannissez votre émoi.

LANGLOIS.
Voyez à quels périls votre amitié pour moi
Vous expose.

SIR MACKENSIE.
          Brisons là-dessus, mon cher maître,
Sinon, vous me voyez à l'instant disparaître.

LANGLOIS.
Mais vous pouviez tomber et vous rompre le cou.

SIR MACKENSIE, *souriant.*
J'eusse été, dans ce cas, revenu de Moscou,
Pour laquelle je pars.

LANGLOIS.
          Armé d'un protocole ?

SIR MACKENSIE, *tirant un crayon.*
De cela !

LANGLOIS.
          Vous prenez le chemin de l'école.

SIR MACKENSIE.
On n'en peut prendre d'autre, alors qu'on vient chez
Mon cher Langlois…          [vous,

LANGLOIS, *confus.*
          De grâce…

J'ouvrirai, pour cela, le livre, l'Évangile!
Lisez, lisons ensemble et méditons ces mots :
« La mauvaise action cause les plus grands maux;
» Ce qui fixe les yeux se grave dans notre âme
» Bien plus profondément que le mot, qui se clame... »
L'homme est plein d'injustice et de méchanceté,
De faiblesse, d'orgueil, surtout de vanité!—
Ta fin est-elle proche, ô sombre monologue? —
Peintre, dessinateur, graveur, archéologue,
Quatre professions, quatre métiers distincts,
Et ne pouvoir pas vivre! O sublimes instincts,
Que vous causez de peine à l'homme ardent et ferme
Dont l'âme poétique, ou *folle*, vous renferme,
Car l'artiste est timbré, répète-t-on souvent,
Une feuille des bois, qui vole au premier vent! —
O David, ô mon maître, ô gloire de la France,
Ton cœur, comme le mien, connut-il la souffrance,
Cancer intérieur, louve à jeun qui vous mord?
Fus-tu triste des jours, des mois, jusq... à la mort? —
Toi, devant qui le Corsé appelé Bonaparte,
Dont l'épée eût vaincu Rome, Athènes et Sparte,
Le monde, l'univers, — se découvrit un jour;
Au Louvre, en plein soleil, devant toute sa cour,
Et te dit, s'inclinant : « David, je vous salue!
« Votre œuvre est bien ainsi que je l'avais voulue? »—
Qui t'aurait dit alors que tu mourrais là-bas,
Sous quelque pauvre toit des tristes Pays-Bas,
Sans que nul ne s'écrie : Un grand peintre succombe!
Et que, devant ta cendre, implorant une tombe,
Un rameau de laurier et le saule pleureur,
Sur les bords de la Seine, ainsi que l'Empereur,
Dont le glaive, en un jour, te taillait tant d'ouvrage,—
Un soldat de la France, — indélébile outrage, —
Croisant la baïonnette, arrêterait tes pas,
En te criant ces mots : « Halte! on ne passe pas! »
La France a donc aussi la mémoire infidèle? —
Tu trouverais en moi le plus triste modèle,
Aujourd'hui, mon David, pour peindre un Romulus
Le citoyen de Rome en moi n'existe plus,
Depuis bientôt quinze ans (oh! quinze ans!) que je
Que je ne dîne point le jour où je déjeune,   [jeûne,
Lazare a pris sa place ou la prendra demain,
Car je vois qu'il faudra que je tende la main!
Moi, mendier! jamais! plutôt le suicide...
L'argument de la faim, allez, prouve et décide!—
Tes lettres, ô David je les relis encor,
Tes lettres, mes enfants, voilà tout mon trésor.
          Se frappant la poitrine.
Elles resteront là, jusqu'à ma dernière heure,
Car je ne connais point de plus sainte demeure...
Cachons-les leur toujours, qu'ils ne les volent jamais!
Que sait-on? Je m'attends à tout d'eux désormais :
Ils auraient l'impudeur de les traiter de fausses!
Ah! ce sont les vertus qu'on lira sur vos fosses,
Qui le seront.—Mon Dieu! que faire pour manger! —
Oh! demain dans la rue! Où nous aller loger!
Je travaille pourtant le jour, la nuit, sans cesse!
— Mensonge! tout Rouen t'accuse de paresse!
Et s'offre à le prouver toutes et quantes fois :
Voyons, combien as-tu gagné depuis un mois?

Rien, — Produit? — Rien encor, car pleurs, rêves,
                                            [mécomptes,
Ne sont pas mis par toi, mon le, en ligne de comptes.
    Avec exaltation.
Ne me parlez plus d'art et brisez mes pinceaux :
Mes dessins, faites-en, de grâce, des morceaux :
Je ne suis plus artiste! allons donc! rats d'église,
Bohèmes, gitanos, voyageurs sans valise;
Je suis fort de la halle ou peintre en bâtiments!
Sapez, démolissez les anciens monuments...—
Graveur, manipulons des cartes de visites
Pour les ambitieux, les sots, les parasites!
Peintre, en avant l'enseigne; antiquaire, cric-crac,
Faisons-nous brocanteur, marchand de bric-à-brac,
Vendons de vieux habits, nos loques, par exemple;
Que l'on vienne chez nous comme au marché du Temple;
Les oripeaux des grands nous diront leurs remords.

*Il s'élance avec impétuosité sur de magnifiques dessins placés sur la cheminée, la table, les chaises, et renverse d'un coup de pied la cloche du poêle.*

Au poêle mes *Vitraux* et ma *Danse des Morts!*
Nous sommes envers vous en arrière d'hommages,
Vesta...

*Au moment où il va les froisser et les mettre dans le poêle, entrent ses quatre petits enfants, presque nus; il reste pétrifié à leur aspect.*

## SCÈNE VII.

LANGLOIS, EUGÈNE, LOUIS, ISMAEL,
JULIETTE.

EUGÈNE, *d'un ton caressant.*

Bonjour, père.

LANGLOIS, *à part, levant les yeux au ciel.*
                    Oh!

LOUIS, *jetant les yeux sur les dessins que tient son père.*
                    Dieu! les belles images!

ISMAEL, *avec un doux reproche.*

Tu les brûles?

LANGLOIS, *balbutiant.*
    Moi? non!

JULIETTE, *avec naïveté.*
                    Mais si!

LOUIS.
                    Donne-les-nous,
S'il te plaît... Voyons donc!

ISMAEL, *à mi-voix, à Louis.*
                    Tombons à ses genoux.
*Ils tombent à genoux; Langlois, absorbé, ne les voit pas.*

LOUIS.
Nous en tapisserons notre petite chambre,
Où nous eûmes si froid tous ces jours de décembre,
Puis, mon frère Ismaël nous en découpera,
Pour en faire des décors...

                                            3

LANGLOIS, *les apercevant, les relève avec viva-*
*cité, les serre alternativement sur son cœur,*
*et laisse tomber ses dessins à terre.*
Ciel !

LOUIS, *poursuivant.*

À notre Opéra,
Sur lequel est tombée hier une carabine.

JULIETTE, *à part, considérant un des dessins*
*tombés.*
Le beau Polichinelle avec sa Colombine !

Haut, à son père, en lui désignant le dessin.
Père, qu'avec plaisir on te dirait merci !

LANGLOIS, *à part.*
C'est le Ciel ou l'Enfer qui les envoie ici !
Lequel des deux ?

Haut.
Enfants, conservons ces images
Pour avoir...

JULIETTE, *vivement.*
Des bonbons ?

Signe de tête affirmatif de Langlois.

JULIETTE, *avec ivresse.*
Oh !

LANGLOIS, *à part.*
Du pain !

EUGÈNE, *à part.*
Quels dommages !

ISMAEL, *après s'être recueilli.*
Père, où naquit Jésus ?

LANGLOIS.
Cher ange, à Bethléem.

EUGÈNE.
Moi, je sais mon *Pater* jusques au mot *panem.*

LANGLOIS, *tristement.*
Oh ! mon Eugène, apprends surtout bien ce passage
De l'Oraison divine...

EUGÈNE.
Il était donc bien sage,
Père, le Fils de Dieu, savant surtout !

LOUIS.
Pourquoi ?

EUGÈNE.
Puisqu'il édifiait les docteurs de la Loi,
Et leur posait souvent des questions profondes,
Dit la sainte Écriture, à transporter des mondes.

LANGLOIS.
Il était fils de Dieu, le créateur du ciel.

JULIETTE.
Père, est-ce Dieu qui fit de même l'arc-en-ciel ? —
Il ne fait plus tomber la manne sur la terre,
Comme jadis ?

LANGLOIS, *à part.*
Hélas !

JULIETTE.
Pourquoi ?

LANGLOIS.
C'est un mystère !

ISMAEL.
Les pauvres gens d'alors n'étaient pas malheureux.

EUGÈNE.
De la part du Seigneur, c'était bien généreux ;
Mais il n'aurait pas dû la supprimer si vite,
Cette douce rosée...

À part.
Ah ! son œil nous évite !

LANGLOIS.
Votre esprit, mes enfants, jamais ne s'occupa...
Avec anxiété.
Vous avez faim, sans doute ?

TOUS LES ENFANTS, *d'une voix faible.*
Oui, mon petit papa.

LANGLOIS.
Mon Dieu !

JULIETTE.
Mangerons-nous aujourd'hui ?

LANGLOIS, *avec un éclair de folie.*
Tout à l'heure !..

EUGÈNE, *bas à ses frères.*
Qu'avons-nous fait ? Voyez !

ISMAEL, *à part.*
Ciel !

LOUIS, *à part.*
Notre père pleure !

LANGLOIS, *à part.*
Pauvres infortunés !
Haut et machinalement.
Avez-vous bien dormi ?

À part.
Misérable orgueilleux ! Un artiste, un ami,
Me fait une commande et propose un à-compte,
Hé bien ! je lui réponds : « Votre main est trop
Je fais le Spartiate, et me dis être au pair [prompte. »
Avec mon boulanger, et tout cela d'un air
Qui sent son gentleman, son buveur de Bourgogne !
Va, le Ciel te punit de ta fausse vergogne !
En offrant à tes yeux ces quatre enfants en pleurs,
Te demandant du pain !.. Oh ! douleur des douleurs !
Seigneur, un pain de seigle, et ma vie en échange !..

EUGÈNE, *bas, à Ismaël.*
Viens ! feignons de jouer pour lui donner le change
Sur nos souffrances...
Ils se retirent au fond de l'atelier, et sortent de dessous leurs
haillons quelques jouets ; Louis se joint à eux.

JULIETTE.
Père, il fait bien froid ici !

LANGLOIS, *dénouant vivement sa cravate et se*
*disposant à la jeter sur les épaules nues de*
*Juliette.*
Tends ton petit cou blanc, mon doux ange.

JULIETTE.

Merci!

Se ravisant.

Mais toi, père?

Elle s'échappe des bras de son père, et lui laisse le fichu.

Non, garde! Il fait chaud, au contraire. —
Ma poupée est malade, et je vais la distraire.

LANGLOIS.

Juliette! ma fille! au nom du Ciel!

JULIETTE, revenant.

Mais toi?

LANGLOIS.

Allons, je te défends de t'occuper de moi,

Souriant.

Ou je passe ta langue au fil de mon épée!

Il la couvre du mouchoir.

JULIETTE, avec gaîté.

Je n'ai pas peur... Écoute : habille ma poupée!

Se ravisant.

Non, tiens! Je te cours mettre en l'un de nos dodos,
Et tu me vas porter à cheval sur ton dos,
Comme portait un jour son fils, ce roi de France
Qui voulait de son peuple adoucir la souffrance,
Que tout cultivateur eût une poule au pot,
Et que le pauvre fût exempt de tout impôt.

LANGLOIS.

Henri-quatre.

JULIETTE, joignant les mains avec amour.

Henri! le doux nom de baptême!
Oh! je m'en souviendrai, car ce roi, moi, je l'aime.

LANGLOIS.

Je te raconterai sa vie.

JULIETTE.

Oh! n'est-ce pas?

Elle sort, suivie de ses frères.

SCÈNE VIII.

LANGLOIS, seul.

Ce n'était point assez qu'ils naquissent, hélas!
Dans un grenier d'artiste, il fallait que leur mère, —
O pensée accablante! ô vision amère! —
Fût avare envers eux de baisers et de soin,
Et les vît d'un œil sec aux portes du besoin...
Va, tu n'auras jamais, marâtre, mon estime!

SCÈNE IX.

LANGLOIS, MARIE-ANGE, un missel sous
le bras.

LANGLOIS.

Ah! c'est toi, Marie-Ange.

MARIE-ANGE, embrassant son père,

Oui, père.

LANGLOIS, à part.

Autre victime!
Quel calme, cependant! — Esprit universel! —

MARIE-ANGE.

Je vais continuer de peindre mon missel,
Père, si tu n'as point à me donner d'ouvrage
Plus urgent.

LANGLOIS, détournant la tête pour essuyer une
larme.

Non, ma fille!

Marie-Ange ouvre son missel à son père.

Après examen.

Allons! c'est bien, courage!

La considérant avec un tendre intérêt.

Tu te fatigues trop, enfant, souviens-en toi!    [moi,
Ce front pur, ces yeux doux, ces doigts blancs sont à

Il lui prend affectueusement la main.

Et j'entends qu'on les traite avec délicatesse,
Comme si Marie-Ange était une comtesse!
Elle est si haut placée et si grande en mon cœur! —
De la lutte, à la fin, je sortirai vainqueur;
Le Destin, de poursuivre un homme se fatigue...
Et je te donnerai, ma Chimène, à Rodrigue,
Aux yeux du grand Corneille, aux yeux de tout Rouen,
En pleine métropole ou bien à Saint-Ouen :
Vous vous aimez...

MARIE-ANGE, se cachant dans le sein de son
père.

Mon père!

LANGLOIS.

Il n'est plus temps de feindre!

On y voit clair!

MARIE-ANGE.

Je...

LANGLOIS, souriant.

Vous... pourrez vous entre-peindre.
Viendra-t-il aujourd'hui?

MARIE-ANGE.

J'en doute; cependant...

LANGLOIS, avec une douce malice.

Cependant, je l'espère, et suis en l'attendant,
Et mon... ce? étude à tous les yeux le prouve...

Il sort.

SCÈNE X.

MARIE-ANGE, seule.

Il nous a devinés! oui, mais il nous approuve!
Bon père. — O mon Rodrigue, ô mon premier amour,
Beau rêve de mes nuits, continué le jour,
Arrive promptement, apprendre de Marie
Cette heureuse nouvelle; hâte-toi, je t'en prie!
Une si vive joie et seule... — Il s'en doutait...
Oh! qu'il tarde à venir! Que fait-il? S'il était..?
Il allait bien hier, mais le mal prend si vite...

Cruelle incertitude !

       *Bruit de pas en dehors.*

     On vient, mon cœur palpite ,
Plus de doute , c'est lui , je reconnais ses pas...

### SCÈNE XI.

#### MARIE-ANGE, RODRIGUE.

RODRIGUE, *saluant.*

Ange..

MARIE-ANGE.

    *Quelqu'un craignait que vous ne vinssiez pas ;*
Vous avez bien tardé pour demeurer si proche...

RODRIGUE.

Adressez-moi souvent ce suave reproche,
Et , pour vous remercier, j'existerai trop peu. —
J'étais au Muséum , mon bel ange de Dieu.

MARIE-ANGE.

Me parler de mourir...

RODRIGUE, *l'interrompant.*

      Ah! daignez me comprendre !

MARIE-ANGE.

Alors que mon cœur brûle, ingrat, de vous apprendre
Une heureuse nouvelle. — Allons, écoutez-moi ,
Et soyez plus exact, un autre jour, mon Roi...
Mon père a deviné notre amour l'un pour l'autre
Et l'encourage...,

RODRIGUE.

    O Ciel! quel bonheur est le nôtre !
Vous ne me trompez pas ? Ce serait mal à vous.

MARIE-ANGE.

Rodrigue !..

RODRIGUE.

    Vous savez, je vous aime à genoux,..
Vous êtes ma patrie et ma joie en ce monde,
Mon lever du soleil, ma nacelle sur l'onde ,
Mon art : si je parviens à me faire un renom ,
A vous tous mes lauriers.

MARIE-ANGE, *avec un petit air colère.*

      Incrédule !.. mais non !

RODRIGUE.

Je vous crois. Poursuivez.

MARIE-ANGE.

      Mon bon père marie ,
Au premier jour heureux , Rodrigue avec Marie.
Je le tiens de sa bouche , il sort de l'atelier ;
Enfin, vous l'avez dû croiser sur l'escalier. —
Rodrigue est-il content ?

RODRIGUE.

    Marie-Ange l'est-elle ?

MARIE-ANGE.

Regardez-la, Monsieur.

RODRIGUE.

    Vous , lui, Mademoiselle...

      *Il lui baise la main.*

Ah ! qu'une femme aimée est un charmant trésor !

MARIE-ANGE.

Que l'amour est enfant !

RODRIGUE.

    Vous souvient-il encor
De la première fois où nous nous rencontrâmes ,
Où , dans un doux regard, se fondirent nos âmes ?
C'était un soir d'automne , au Théâtre-Français.
Auteur et comédiens avaient de beaux succès...
Ah ! c'est qu'il s'agissait d'une pièce énergique :
On jouait le *Cinna* de votre grand tragique...

MARIE-ANGE, *l'interrompant, avec chaleur.*

Qui dut mourir aussi pour effacer l'affront
Fait par un cardinal à son glorieux front :
Préférer Chapelain , l'auteur de la *Pucelle* ,
A Corneille , dont l'œuvre en beautés étincelle !
Pauvre Pierre Corneille , hélas ! de quel dégoût
T'abreuvèrent ces sots législateurs du goût !
Toi , si fier ! toi , si grand ! sous quelles portes basses
Dus-tu courber ta tête, où gisaient les *Horaces !*
*Rodogune, Pompée* et le *Cid* , si vanté,
Que l'univers en fit un type de beauté ;
*Cinna* , dont on ne peut faire un éloge juste
Qu'en disant : « Il manquait au grand siècle d'Auguste ! »
Va , si j'en crois le Ciel, qui m'inspirait tantôt,
L'aurore blanchissante éclairera bientôt
Dans les murs de Rouen, dont le cœur t'idolâtre,
Une noble statue au père du théâtre,
A Corneille-le-Grand , le divin , le profond,
Dont le style sublime et ravit et confond ,
Et qui connut si bien la royale faiblesse !
Quelle fête pour nous! Comme peuple et Noblesse ,
Oubliant ce jour-là les préjugés du sang ,
Iront te saluer sur un unique rang !
Advienne alors , advienne un brisement de trône ,
Roi sous tous les partis , tu gardes ta couronne ,
Il n'est pas pour ton front de révolution... —
Je réponds , cher Rodrigue , à votre question :
Oui , mon cœur se souvient de ce regard de flamme
Qui devait nous unir un jour époux et femme.

RODRIGUE.

A quelques mois de là , nous pûmes nous revoir ;
Votre père est graveur, je viens à le savoir,
Et me présente à lui comme élève ; il m'accepte
Entre l'offre d'un siége , un sourire , un précepte ,
Ne traite comme un fils , me fait les plus longs cour,
A moi réfugié d'Espagne , sans secours,
Un soir, au risque, hélas ! de vous voir me maudire ,
O Marie-Ange, un soir, ma bouche ose vous dire
Ce que mes yeux rêveurs vous avaient dit cent fois, —
Les regards , en amour, de l'âme sont la voix , —
Vous dire : « Je vous aime !.. »

MARIE-ANGE, *avec ivresse.*

      Ah! que ce mot transporte !
Mon Rodrigue, le cœur auquel il se rapporte!
Comme il l'inonde , enfin , de parfums et de fleurs
Et lui fait oublier ses amères douleurs;
Mais que l'homme ou la femme en devrait être avare ,
Comme le diamant je le voudrais voir rare.

Que dis-je? Il devrait être impossible à la voix
D'en charmer une oreille une seconde fois;
Prononcé par une âme étrangère au mensonge,
Il comprend tout l'amour, en résume le songe.

**RODRIGUE.**

Nos cœurs, du même amour éprouvent le besoin;
Rendons grâces au Ciel, dont la bonté prit soin...

## SCÈNE XII.

### MARIE-ANGE, RODRIGUE, JULIETTE.

JULIETTE, entrant.

Marie-Ange, ma sœur...

RODRIGUE.
Mais qui vient nous surprendre?

JULIETTE.
Auprès de lui papa t'invite de te rendre.
De son grand portefeuille il fait un examen.

RODRIGUE, à Marie-Ange.

Allez! je vais rêver à notre heureux hymen.
Rappelez-vous, pourtant, les peines de l'absence,
Et me rendez bientôt votre douce présence.

## SCÈNE XIII.

RODRIGUE, seul, se disposant à dessiner.

Oh! comme le burin me va sembler léger,
Maintenant que, tout baut, à toi je puis songer... —
Amour, que de talents te dûrent leurs couronnes,
De héros, leurs lauriers; de monarques, leurs trônes!

Il dessine.

## SCÈNE XIV.

RODRIGUE, SIMONNET, jetant sa casquette
à terre avec contrariété, sans voir Rodrigue
et sans en être vu.

SIMONNET, apercevant Rodrigue.

Salut, Monsieur Rodrigue...

RODRIGUE, avec un sourire et une inclination
de tête.

Ah! bonjour, mon ami!

Il continue son travail

SIMONNET, à part, sur le devant de la scène.

C'est comme un sort: chez tous l'âme de la fourmi;
De tous, au mot emprunt, la réponse est égale:
« —Vous avez fait, sans doute, ainsi que la cigale?— »
Avec des crispations.
Ah! si l'on a chanté, c'est en jouant des mains,
Et dur, entendez-vous, messieurs les inhumains!
Pendant que vous étiez, vous, à courir les thermes... —

Entrent les petits enfants de Langlois.

J'aurais eu tant de joie à jeter les trois termes
A l'Université, la marchande de grec
Et de latin, avec certain petit tou sec,
Dont je suis l'inventeur et qui n'est pas sans charmes;
A glisser sa quittance au timbre de ses armes,
Sous certaine palette, à certain petit clou,   [Maclou:
Où pend, pour le quart-d'heure, un monsieur saint
Puis, de me récrier, avec l'homme que j'aime,
Venant à pénétrer mon petit stratagème:
« Que l'on n'a pas le droit de secourir les gens
» Sans leur permission, fussent-ils indigents
» Comme Job... »

ARTHUR DE SERTILLAN, en dehors, et donnant
un violent coup de pied dans la porte.
Que le diable emporte la mansarde!

Les petits enfants, effrayés, courent se réfugier dans la
cheminée, qu'ils ont soin de refermer sur eux; leur action est remarquée de Rodrigue, qui en paraît vivement
affecté.

SIMONNET, sans se déranger.

En voici, j'espère, un qui frappe à la hussarde!
Rodrigue s'empresse d'aller ouvrir.
C'est, au moins, un marquis à soixante quartiers,
Ou quelque rejeton de ci-devants portiers.

## SCÈNE XV.

### SIMONNET, ARTHUR, RODRIGUE.

ARTHUR.

Peste! soit du maraud qui fit ce nid de pie:
Vous devez, à toute heure, avoir de la charpie
Pour les infortunés que leur destin conduit
A ... ir l'escalier de ce sombre réduit?
C. ... t, Satan me damne, à se rompre le torse!
Boitant légèrement.
Fasse Dieu que j'en sois quitte pour une entorse!

SIMONNET, à part.
Ce beau sire est-il bien dans son état normal?

RODRIGUE, avec intérêt, à Arthur.
Vous vous seriez blessé?

ARTHUR.
Quelque peu...

SIMONNET, à part.
Le grand mal!

RODRIGUE, à Arthur, avec ironie.
Veuillez prendre une chaise.

SIMONNET, à Arthur.
Asseyez-vous...
Sans en être entendu.
Jeune homme!
A part.
Jusqu'à ce qu'il ait dit comment est-ce il se nomme!

RODRIGUE.
Le médecin demeure au premier carrefour;
La science le compte...

ARTHUR, *avec suffisance.*

Assez! maître Dufour? —

Restez.

RODRIGUE, *insistant.*

Permettez-moi, Monsieur, de n'en rien faire,
Un hôte a ses devoirs; il doit y satisfaire.

*Il va pour sortir.*

ARTHUR, *d'un ton doucereusement impératif.*

Restez! j'ai l'habitude, enfin, d'être obéi. —
Je désire parler à Langlois.

RODRIGUE, *un peu blessé.*

C'est ici.

*Il se remet à travailler avec ardeur.*

SIMONNET, *à part.*

Tâchons de nous mêler un peu du dialogue.

ARTHUR, *à part, avec satisfaction.*

Je ne me trompais point!

*Haut.*

Langlois l'archéologue?

*Signe de tête affirmatif de Rodrigue.*

SIMONNET.

Mais il est en travail pour l'instant, mon bourgeois.

ARTHUR, *le toisant, à part.*

Quel négoce ai-je fait avec cet Albigeois?
On devrait un peu mieux choisir sa valetaille.

SIMONNET, *s'inclinant, à part.*

Vous m'obligeriez fort de me dire ma taille,
Car je crois que ma classe au printemps tirera.

ARTHUR.

Diable! — Je vais l'attendre.

SIMONNET.

Ainsi qu'il vous plaira.

ARTHUR, *à part, allant à la fenêtre.*

C'est bien à ce guichet qu'elle m'est apparue,
Un jour que je passais à cheval dans la rue...
Oui, voilà le chenil des triples maîtres sots, —
Gratte-papier, je crois, — auxquels les nobles sauts
De ma belle Djali, ma cavale intrépide,
Portèrent de l'ombrage... Oh! la race stupide!
Un petit coup de fouet les mit à la raison. —
Mille diables! j'ai froid! sans feu par la saison :
Il faut avoir l'esprit ou l'escarcelle vides!

*Considérant alternativement Rodrigue et Simonnet, et tirant de sa poche un petit miroir, dans lequel il se regarde.*

Vrai Dieu! nous avons l'air de trois spectres livides.
Ces savants sont toujours ou sans pain ou sans bois,
Et, la plupart du temps, tous les deux à la fois :
On trouverait plutôt, sous le ciel d'Ausonie,
Un homme sans stylet, qu'à son aise un génie.
Au diable la science et les arts libéraux!
Il faut vivre, avant tout, du fruit de ses travaux...
Elle tarde à paraître un peu trop tout de même.
Vint-elle, le moyen de lui dire : « Je t'aime! »
Ou quelque autre chimère amoureuse, devant

*Désignant alternativement Rodrigue et Simonnet.*

Ce beau mélancolique et ce moulin à vent?

Ça me paraît jouer de l'œil ci de l'oreille
Comme femme jalouse à nulle autre pareille.
Diable! et je ne puis pas me débarrasser d'eux.
J'ai parié pourtant vingt louis contre deux,
Avec ce boute-en-train d'Oscar de Lestanville,
D'avoir la belle à table, en mon château d'Ourville,
Avant le dix du mois et nous sommes le neuf.
Il me fera payer, et, de plus, en or neuf;
Toute cette famille a la bourse normande.

SIMONNET, *à Rodrigue, qui ne l'entend pas, absorbé par son travail.*

Monsieur Rodrigue!

ARTHUR, *à Simonnet, vivement.*

Ro..?

SIMONNET, *feignant de ne pas comprendre.*

Plaît-il?

ARTHUR, *brusquement, à mi-voix.*

Je te demande

*Désignant Rodrigue,*

Comment s'appelle...

SIMONNET, *lentement.*

Tiens! pardine! par son nom ;

Rodrigue.

ARTHUR.

Tu parais en train de rire? —

SIMONNET.

Non!

ARTHUR.

Vrai?

SIMONNET.

Pas plus que d'aller prendre un bain dans la Seine.

ARTHUR.

J'aime assez les farceurs, mais le soir, sur la scène,
Et quand j'ai dans le ventre un copieux repas.

SIMONNET.

« Des goûts et cætera, » l'on ne dispute pas,
J'ai ma manière d'être et vous avez la vôtre.

ARTHUR, *à part.*

Rodrigue! à ce doux nom s'en joint souvent un autre...

*Après un instant de consultation avec lui-même.*

On l'appelle Chimène, et voici son amant!
Le baisser du rideau promet d'être charmant
Et d'occuper un jour la nymphe Renommée.

*Il tire un cigarre de sa poche, et l'allume au moyen d'une allumette chimique à friction; riche boîte. Simonnet le regarde fumer en reclignant.*

ARTHUR.

Bas-bleu de notre époque, est-ce que la fumée..?

SIMONNET, *négligemment.*

Le cigarre me gêne.

ARTHUR, *de même.*

Ah! ça me fait plaisir.

Et la pipe?

SIMONNET.

Au contraire.

ARTHUR.
Oui-dà! je crois saisir
Tes paroles ; tu fais de la métonymie.

SIMONNET.
Je ne vous comprends pas ; c'est de l'Académie.

ARTHUR.
Le cigarre t'embête , où l'homme comme il faut.

SIMONNET.
Que j'appellerai , moi…

ARTHUR.
Coquin !

SIMONNET.
L'homme à défaut.
Que voulez-vous? je vois , examine et prononce ,
Que la chose soit peuple ou qu'un laquais l'annonce!
Je m'appelle Simon et voilà mon refrain.

ARTHUR, à part.
Peut-être à tant d'esprit saurons-nous mettre un frein.

SIMONNET, à part.
Je doute qu'en ces lieux l'amour des arts l'amène.

ARTHUR, à part, s'approchant de Rodrigue.
Jugeons à quel degré Rodrigue aime Chimène.
Haut ; après l'avoir regardé travailler un instant,
Vous pouvez de mémoire esquisser un portrait?

RODRIGUE, contrarié d'avoir été surpris.
Quand nous sommes frappés…

ARTHUR, à part.
C'est elle trait pour trait.
Haut.
Cette femme est charmante! On aurait de la joie
A la nourrir de miel , à la parer de soie.
Pour moi , je resterais en extase mille ans
Devant ce sein de neige aux amoureux élans.
L'Opéra n'a pas mieux à ses premières loges.

RODRIGUE, à part, indigné et se levant.
Sacrilége!
Haut.
Monsieur, il est certains éloges,
Auxquels le blâme amer est préférable…

ARTHUR.
Amen!
Désignant de la ... in le portrait.
Seriez-vous sur le ... dé de contracter hymen ..?
Ceci m'expliquérait votre sauvagerie :
On est souvent fort drôle alors qu'on se marie ,
Quand , surtout , on se croise avec un libertin ,
Sans lui jeter au bec : « Clarisse ou Chamberlin , »
Nom de femme galante ou de fameux vignoble,
Mot d'amour ou d'orgie.

RODRIGUE, à part.
Oh! la nature ignoble!

SIMONNET, à part, regardant Arthur.
Peste ! c'est qu'il vous parle un langage avancé…

RODRIGUE.
Vous l'avez dit, Monsieur, je suis le fiancé
De cette jeune fille…

ARTHUR.
Ah! la scène s'explique…

SIMONNET, à part.
Au contraire , je dis , moi, qu'elle se complique.

RODRIGUE.
Simple d'âme et de cœur, sottement vertueux ,
Faible en filles de joie et vins spiritueux ,
J'aspire après l'instant où l'église prochaine
Bénira notre hymen…

ARTHUR.
Rivera votre chaîne ;
Frivole variante , à laquelle il ne faut
Point faire attention, mon cher ; c'est un défaut
Dont je suis redevable à l'abbé Girard , homme
Fort en synonymie ; aussi chacun le nomme.

SIMONNET.
Je vais lui renfoncer ses mots à coups de poing ,
S'il continue.

RODRIGUE, à Arthur.
Assez je ne souffrirais point
Un mot léger de plus sur objet aussi grave,
Sans savoir si ce drap couvre un cœur lâche ou brave.
Sans savoir si la mort, surgissant à vos yeux .
Arrêterait le cours de vos propos joyeux.

SIMONNET.
Très-bien , bravo , Rodrigue !

ARTHUR, à Simonnet.
Impudente canaille ,
Veux-tu que je te rosse avant que je m'en aille ?

RODRIGUE.
Ah ! c'est que voyez-vous , monsieur le persifleur,
Pour nous , la jeune fille est une sainte fleur
Que nous ne cueillons pas , dans un moment de rage ,
Pour la laisser ensuite exposée à l'orage,
Sur la grève, un matin , veuve de ses parfums ,
Pâle et décolorée , ainsi que des défunts ,
Comme certaines gens n'ont pas honte de faire…
C'est que j'ai deviné quelle importante affaire
Vous amène en ces lieux , infâme suborneur ;
Vous cherchez à cet ange à ravir son honneur !
Ai-je deviné juste? Un jeune homme à la mode,
Plus fort en insolence.

ARTHUR, à part.
Ah!

RODRIGUE.
Que Rousseau dans l'ode ,
Rechercher un artiste , un antiquaire encor,
Sous le rapport de l'art, pour échanger son or
Contre une vétusté !

SIMONNET, à part.
Digne enfant de Castille !

RODRIGUE.
Il vient pour lui voler, s'il est père, sa fille .
S'il est frère, sa sœur ; son peu de joie, enfin. —
Vous n'avez donc jamais considéré la fin

D'une fille séduite et puis abandonnée?
Elle voudrait mourir ou n'être jamais née! —
Qu'aurais-tu fait demain de cet ange d'amour,
Si Dieu n'eût mis obstacle à ton projet, vautour,
Si tu m'eusses volé ma pauvre chère amie ?
Tu l'eusses aujourd'hui couverte d'infamie,
Je ne te parle pas de ce jour, tu le vois, —
Mais demain, c'est-à-dire au bout de quelques mois,
D'un an, peut-être?

    *Lui indiquant la cheminée.*
        Viens épeler dans ce livre
Ta réponse.
    *Lui saisissant le bras et l'entraînant.*
      Viens donc!

  ARTHUR, *à part, obéissant machinalement.*
      Mais ce jeune homme est ivre !
  *Rodrigue arrache le devant de la cheminée.*

     ARTHUR, *à part.*
Ciel !

    LES ENFANTS, *consternés.*
Monsieur Rodrigue!

     ARTHUR, *à part.*
      Ah !

    RODRIGUE.
      Rassurez-vous, enfants.
  *Simonnet les caresse.*

   RODRIGUE, *à Arthur.*
Compte-les, ils sont quatre; eh bien! dans quelques
Ils eussent été cinq, et la pauvre colombe   [ans,
Eût été, sans nul doute, occuper une tombe,
Aux lois de son devoir si son âme eût forfait.
    *Avec ironie.*
Voilà, Monsieur, voilà ce que vous auriez fait
De la femme au cœur pur comme l'aube dorée,
Dont la main m'est promise et l'amour m'est jurée!

   ARTHUR, *à bout de patience.*
Sais-tu, vil mercenaire, à qui tu parles?

    RODRIGUE.
       Non.
Je te laisse le soin de m'apprendre ton nom.

    ARTHUR.
Sais-tu, serf, sais-tu bien que ma noble famille
Recevait de son roi l'éclat dont elle brille
Depuis quatre cents ans, que date son manoir,
Lorsque la tienne, à toi, dévorait un pain noir,
Payait la dîme au prêtre ou faisait la corvée,
Nous sommes inégaux; car à toi la livrée!
A moi la plume au vent, la fraise et le pourpoint.

    RODRIGUE.
Vous êtes gentilhomme? On ne le dirait point !
Vous devriez avoir un héraut pour l'apprendre
A quiconque l'ignore...

  ARTHUR, *cherchant son épée à sa ceinture.*
    Oh!

    RODRIGUE.
      Je crois vous comprendre :
Vous cherchez votre épée, absente?

   ARTHUR, *écumant de rage.*
      Oui, coquin.
Et pour t'en harponner, ainsi qu'un vil requin.

    RODRIGUE.
J'accepte le surnom avec reconnaissance ;
Il prouve, à certain point, votre haute naissance,

    SIMONNET, *à part.*
Attrape, mon cadet!

    RODRIGUE.
      Dont je ne doute pas ...

    ARTHUR.
Je suis prêt à convaincre à soixante-dix pas.

    RODRIGUE.
A votre empressement à chercher votre lame,
Je vous crois le cœur noble et duelliste l'âme :
Très-bien ! car il vous reste à me rendre raison
De vous être introduit céans, dans la maison
De mon futur beau-père, avecque la pensée
De lui ravir sa fille, hélas ! ma fiancée.

    ARTHUR.
Demain, aujourd'hui même, à l'instant!

    RODRIGUE.
      C'est trop tôt.
SIMONNET, *bas, à Rodrigue, qui ne l'entend pas.*
Hum! hum! monsieur Rodrigue, un coup de poing,
       [plutôt...
    ARTHUR.
Ouais, reculerais-tu, mon très-cher ?

   RODRIGUE, *à part.*
      O Marie !
  *Haut.*
Non ; mais je dis avec la fleur de ma patrie :
« Une nuit n'est pas trop pour faire son courrier,
» Lorsque l'on peut tomber sous le plomb meurtrier. »
Car c'est au pistolet que je me bats.

    ARTHUR.
      Qu'importe,
Epée ou pistolet, pourvu que le coup porte,
Que je te tue!

    RODRIGUE.
    Ou moi!
  ARTHUR, *apercevant le crucifix, à part.*
      Tiens, Langlois est dévot !

    RODRIGUE.
Car n'ayant point passé par les mains du prévôt,
Comme vous...

    ARTHUR.
    Il est vrai que j'ai bien dans mes malles
Des masques et fleurets à monter douze salles.

    RODRIGUE.
Voici comment j'entends le combat singulier.

    ARTHUR.
Nous avons sur ce point un code régulier.

    RODRIGUE.
Arrivé sur la scène où se donne le drame,

Chacun des combattants reçoit non une lame,
Mais un pistolet ; l'un est chargé ; l'autre, pas.
On ne s'amuse point à mesurer les pas. ___ [che, ___
On prend chacun le coin d'un mouchoir dans sa bou-
De part et d'autre ainsi d'assez près on se touche, ___
Et l'on tire...

ARTHUR, *à part.*

Du diable !

*Haut.*

En quel temps vivons-nous ?
Est-ce qu'il m'est permis de me battre avec vous ?
Ayez de la noblesse et nous verrons ensuite.

RODRIGUE.

S'il ne vous faut qu'un titre, ayez à votre suite
Un généalogiste, un Jules Duchemin,
Et l'on vous montrera, peut-être, un parchemin
Pouvant aller de pair avec ceux de la Ligue ;
Car si, dans ce royaume, on me nomme Rodrigue,
Tout court, j'ai mon entrée au palais de Madrid,
Où l'on m'appelle don Rodrigo d'Albadrid.
Vous voyez bien, mon cher, que nous pouvons nous
Car je suis votre égal... [battre

ARTHUR.

C'est un point à débattre.

RODRIGUE.

Vous vous battrez, Monsieur..?

ARTHUR.

Arthur de Sertillan.

RODRIGUE.

Vous vous battrez, vous dis-je, ou, foi de Castillan,
J'attends que dans le fleuve un grand bal se réflète ;
Vous y courez, j'y vole, et là, je vous soufflète ! ___

ARTHUR.

Vil bohême !

RODRIGUE.

A demain, à la Porte-Marquais.

ARTHUR.

*A part.*

Nous y serons peut-être ; à coup sûr, nos laquais !
Allons à nos amis raconter l'aventure.

SCÉNE XVI.

SIMONNET, RODRIGUE.

RODRIGUE.

Adieu, cher Simonnet, bonne et franche nature,
Trésor de dévoûment et d'abnégation,
Qui me vint tant de fois en consolation.

*Il lui serre la main.*

SIMONNET.

Eh quoi ! Monsieur Rodrigue, à cette heure suprême,
N'avez-vous pas besoin de quelqu'un qui vous aime,
Pour vous raffermir l'âme et veiller avec vous,
Et vous accompagner demain au rendez-vous :

Le Christ eût moins souffert au Jardin des Olives,
S'il eût eu près de lui quelques amitiés vives.

RODRIGUE.

Je n'osais, mon enfant...

SIMONNET.

Vous douteriez de moi ?

RODRIGUE.

Le Seigneur m'en préserve !

SIMONNET.

Hé bien ! alors pourquoi
Ne pas me dire : « Ami, tu sais quelle est ta place ? »

RODRIGUE.

Viens !

SIMONNET.

Il est entendu...

RODRIGUE.

Que ?

SIMONNET.

Que je vous remplace,
Si vous succombez.

RODRIGUE.

Ciel !

*A part.*

Oh ! c'est qu'il le ferait !

*Haut.*

Et Marie-Ange, ami, qui la consolerait ?

SIMONNET.

Mais qui vous vengera ?

RODRIGUE.

Le remords, Dieu, peut-être ;
Car ma cause est sacrée...

SIMONNET.

Oh !

RODRIGUE.

La nuit va paraître,
Marie-Ange, surtout, peut rentrer, et je sens
Qu'elle devinerait, au trouble de mes sens,
Ce que je dois lui taire. ___ Elle en deviendra folle !.. ___

*Ils sortent. ___ La scène reste un instant vide ; il commence
à faire nuit.*

SCÉNE XVII.

LANGLOIS, *désespéré, un portefeuille sous
le bras.*

Vain espoir !

*Considérant amèrement son portefeuille.*

« Tout cela ne vaut point une obole, »
M'ont-ils répondu tous... Les Juifs ! les scélérats !

*Avec rage.*

Pas une obole ! Hé bien ! sert de pâture aux rats,
Puisqu'on ne peut te vendre un pain de quatre livres !

*Il jette son portefeuille dans un coin.*

*Avec ironie.*

Dessinateur, dessine ; auteur, fais-nous des livres !...

Il ricane. — Entre Fontenay ; il s'arrête à deux pas de la
  porte, qu'il laisse ouverte ; on aperçoit alors , illuminé ,
  l'hôtel dont il est parlé au commencement de la pièce.

Il manque quelque chose à ma misère encor,
Pour être tout-à-fait digne des lettres d'or,
Ou faire le sujet, peut-être, de pancartes :
C'est d'être poursuivi comme tireur de cartes ,
Hérétique , sorcier, magicien , — ainsi
Que cet infortuné Bernard de Palissy. —
Alors, le roi régnant, nouvel Henri troisième,
Pour lequel j'aurais fait œuvre d'art tout de même ,
Venant me visiter, un soir, en ma prison ,
Pour tâcher de me mettre à la saine raison ,
Me dirait : « Mon bonhomme , avec les robes grises ,
Il faut vous accorder en matières d'églises ,
Ou je serai réduit à vous laisser brûler,
Car de religion point ne me veux mêler... » —

ɔɔɔɔɔɔɔɔɔɔɔɔɔɔɔɔɔɔɔɔɔɔɔɔɔɔɔ

## SCÈNE XVIII.

### FONTENAY, LANGLOIS.

#### FONTENAY.

« Sire, répondrais-tu, l'on ne craint rien au monde ,
» Quand on est prêt à voir si la tombe est profonde ! »

Langlois va à lui en souriant ; ils se serrent cordialement la
  main.

Peste ! on travaillerait ici comme en plein jour !
Monsieur le Président à la royale Cour,
Sous le boisseau, vrai Dieu ! ne met pas les lumières.
Il va bien dépenser en huile dix chaumières.
Jamais de tant d'éclat salon princier n'a lui ;
Quelle si grande fête est-ce donc aujourd'hui ?

Il ferme la porte et descend la scène avec Langlois.

LANGLOIS, *prenant négligemment un calendrier*
  *sur la table , et le donnant à Fontenay, en lui*
  *indiquant du doigt la date du mois.*

Vois !

#### FONTENAY.

Un calendrier est chose nécessaire.

*Lisant.*

« Neuf décembre. » — C'est bien : second anniversaire
De son avénement au fauteuil de Dupont !

Signe de tête affirmatif de Langlois.

LANGLOIS, *avec tristesse.*

Qu'ils ont destitué ! quelle tache à leur front !
Impurs , ils ont eu peur d'une si belle vie. — 
L'existence à mon père allait être ravie ,
Moi-même , incarcéré sur les mêmes soupçons,
Devais , épi, tomber aux prochaines moissons ,
Lorsque Dupont de l'Eure (O citoyen de Rome ,
Que désormais ainsi tout noble cœur te nomme !)
S'élance et nous arrache à la proscription ,
Du père et de l'enfant se portant caution. —
Bien qu'elle fut pour moi, Seigneur, à peine éclose,

I istence , dès-lors, me semblait peu de chose,
J'eusse à l'échafaud marché sans m'émouvoir,
Mais le sang de mon père, il m'eût fallu le voir;
Mais ma mère éplorée, il m'eût fallu , mon Dieu
Avant de la quitter, au moins , lui dire adieu :
Voilà , Dupont , voilà ce que je te rends grâce
De m'avoir épargné : si bas , sur ta disgrâce,
Je ne puis que gémir : Il ne nous est pas dû ,
Peuple , de reconnaître un service rendu...
Ah ! si l'impératrice était encor du monde...

#### FONTENAY.

Oui !.. Pauvre Joséphine ! elle était sans seconde ; —
Aussi, pour la louer, la France s'accorda. —
Qu'as-tu fait des dessins qu'elle te commanda
D'une robe, envoyée à la reine d'Espagne ,

*Souriant.*

Et qui coûta, dit-on , autant qu'une campagne :
Cinquante mille francs ?

LANGLOIS, *embarrassé.*

Je l'ignore...

Jetant furtivement les yeux sur le portefeuille qu'il a jeté
  à terre.

Je crois
Qu'ils se sont envolés, comme feuilles des bois ,
Au souffle de l'autan ; la fenêtre est sans verre,
Et mes meilleurs travaux gisent souvent à terre...

*A part.*

Si j'avais seulement le plus mauvais tapis...

*Pause.*

#### FONTENAY.

Les affaires vont donc toujours de mal en pis ?

#### LANGLOIS.

Comme à l'ordinaire...

FONTENAY, *à part.*

Hum !

*Haut.*

Pourtant, mon camarade ,
J'ai fait une réplique à certaine tirade...

#### LANGLOIS.

Sans conséquence aucune...

#### FONTENAY.

A quoi bon me cacher
Ce que depuis quinze ans, ami , je viens chercher :
L'état de ta misère ?

#### LANGLOIS.

En vérité...

#### FONTENAY.

Mensonge !
J'ai fait à ton égard, la nuit dernière , un songe.

#### LANGLOIS.

Tous les rêves sont faux ; garde, garde le tien...

#### FONTENAY.

Je ne sais plus sur quoi roulait notre entretien ,
Alors que , tout-à-coup, tu tombas de faiblesse.

LANGLOIS, *passant la main sur son front et*
  *semblant prêt de défaillir.*

Tais-toi, tais-toi ! ! !

FONTENAY.

Qu'as-tu ?

LANGLOIS, *pour lui donner un moment le change, dénoue sa ceinture et dit d'une voix éteinte :*

Ma ceinture me blesse...

FONTENAY, *le considérant avec inquiétude.*
Ton front est soucieux, tu trembles et pâlis!..

LANGLOIS.
Ce n'est rien !

*A part.*
Je succombe!..

FONTENAY, *à part.*
O malheureux, je lis...

*Haut.*
Langlois, à Fontenay tu caches quelque chose!
*Lui prenant la main, et avec un ton d'autorité amicale.*
Tu souffres ; de ton mal je veux savoir la cause.

LANGLOIS, *tombant et jetant un cri sourd.*
C'est que..., depuis deux jours..., nous... n'avons
Ton rêve s'accomplit.... [pas mangé...

*Au moment où il prononce avec effort l'avant-dernier vers, ses quatre petits-enfants et Marie-Ange, accourent, fondent en larmes et l'accablent de caresses. Fontenay sort précipitamment, et rentre à la fin du cinquième vers.*

*@@@@@@@@@@@@@@@@@@@@@@@@@@@*

## SCÈNE XIX.

LES MÊMES, MARIE-ANGE, LES ENFANTS.

MARIE-ANGE.

O sublime affligé,
Réviens, réviens à toi ; chaque instant qui s'écoule
Nous transperce le cœur... notre sang à flots coule...
C'est moi, ta Marie-Ange, ô mon père...

ISMAEL.
Ismaël !

JULIETTE.
Juliette !

LOUIS.
Louis! Eugène!

MARIE-ANGE, *voyant son père revenir.*
Grâce au Ciel !

FONTENAY, *aux enfants, qui portent leurs doigts à leurs bouches, comme pour maîtriser leur faim.*
Séchez, vos pleurs, enfants, celle qui vous gouverne,
Votre mère, est au palu...

LANGLOIS, *retombant lourdement, à part et avec amertume.*
Elle est à la taverne !

JULIETTE, *à part, joignant les mains et tournée vers la porte latérale.*
Ma petite maman, hâtez votre retour !

*Fontenay, aidé de Marie-Ange, relèvent Langlois et le font asseoir sur une chaise.*

MARIE-ANGE, *tenant la main gauche de son père.*
Mon père !..

FONTENAY.

Mon ami, sois raisonnable un jour,
Cède, je t'en supplie, à mes vives instances ;
La Fortune entre nous a mis quelques distances,
Hé bien! rapprochons-les, soyons frères, enfin;
Que l'un ne mange pas, tandis que l'autre a faim ;
Que l'un n'habite pas un hôtel ; l'autre, un comble :
Ta coupe de douleurs, depuis longtemps, est comble,
Permets-moi d'y verser quelques gouttes de miel.
La terre est triste, ami, regarde un peu le ciel ;
Son aspect fait du bien à l'âme la plus sombre;
Un rayon de soleil dissipe une mer d'ombre;

LANGLOIS, *à part, avec effort.*
Hélas !

FONTENAY, *poursuivant.*

Un grain d'azur perce un nuage épais ;
Le cœur le plus troublé peut renaître à la paix.
Ton dernier jour de faim et de froidure, ô sage,
Appartient, à cette heure, à l'abîme de l'âge.

LANGLOIS.

A tes projets, ami, je ne puis me prêter...

FONTENAY.

O ciel! — Sais-tu comment je vais interpréter
Ton refus, Hyacinthe?.. — Accepte, je t'en prie,
Au nom de tes enfants, de ta chère Marie,
Ton joyau paternel, ta muse, la moitié
De ton talent : allons, aie un peu de pitié

*Regardant affectueusement Marie-Ange.*
De ce front qui rougit à force d'innocence,
De ces yeux bleus si doux, si pleins de transparence,
Dont la plus vive joie est de te regarder ;
De ces doigts de satin, dociles à guider... —
Veux-tu que la misère, envieuse rivale,
T'amaigrisse ce pur et gracieux ovale?..
Veux-tu que la misère, ô sublime affamé,
Te conduise au tombeau ton enfant bien-aimé?..

LANGLOIS.

Ah ! de grâce, tais-toi...

*Serrant sa fille sur son cœur avec transport et la couvrant de baisers.*
Marie-Ange, ma fille,
Ma consolation, mon trésor, ma famille,
Dis-lui donc qu'il se taise!..

FONTENAY.

Accepte, ou je poursuis...

LANGLOIS.
Que te puis-je répondre, en l'état où je suis ?

FONTENAY.

Ce qu'à ma place, ami, ton grand cœur de poète
Aurait bien su tirer de ma bouche muette :
« J'accepte la moitié de ta fortune... »

LANGLOIS.

Nob !

FONTENAY.

Hélas ! à ton refus ose donner un nom.

LANGLOIS.

Ton or, tu l'as gagné, frère, à forces de veilles,
A force…

FONTENAY, *l'interrompant et feignant un ton léger.*

Voyez donc les si grandes merveilles !

LANGLOIS, *poursuivant.*

D'économie…

FONTENAY, *avec feu.*

Arrête, au nom du Ciel ! — Langlois,
Mon ami, que de Dieu tu sus suivre les lois   [et belle
Bien mieux qu'homme du monde, et qu'elle est noble
L'âme que l'indigent ne trouve point rebelle
A son cri de détresse : « Aumône, s'il vous plaît ! »
Qu'elle est grande, cette âme, et que Dieu s'y com-
Ta devise, Hyacinthe, est celle des Apôtres :   [plaît !
« Être pauvre pour soi, mais riche pour les autres ;
» Manquer de pain, de feu, de vêtements pour soi,
» Mais avoir pour son frère un coffre-fort de roi ! »
Et devise jamais ne fut mise en pratique.
Avec plus de mystère et de simplesse antique. —
Oui, fier comme César ou nef de Saint-Ouen,
Courait les mois passés le cachet par Rouen,
Pour secourir, hélas ! une de ses élèves ?..

LANGLOIS, *à part.*

J'en serai bien payé, ciel ! si tu la relèves…

FONTENAY.

Toi !

LANGLOIS, *dissimulant.*

Moi ! qui te l'a dit ?

FONTENAY.

Elle-même, hier, au cours.

LANGLOIS, *avec joie et ne cherchant plus à feindre.*

Elle est donc guérie ?

FONTENAY.

Oui, grâces à tes secours.

LANGLOIS, *avec entraînement.*

Merci, mon Dieu, merci, pour l'enfant et la mère,
Pour celle-ci, surtout, car la vie est amère,
Pâle et triste au-delà de toute expression,
Alors qu'on ne sent plus la douce pression
D'une lèvre d'enfant sur sa vieille figure :
J'ignore ces douleurs, mais je me les figure.

*A part.*

Elle ne revient pas… Malheureuse… Du moins,

Que ce nouveau forfait nous ait seuls pour témoins…

*Haut, à Fontenay, en lui tendant la main.*

L'heure passe… à demain.

*A part.*

Sur la grève du fleuve,
Si la mort, cette nuit, ne fait pas une veuve
Et cinq orphelins… Oh ! je veux vivre pour eux,
Car ils seraient encor, sans moi, plus malheureux.

FONTENAY.

Adieu donc ! ne va pas oublier… ta promesse…

LANGLOIS, *à part.*

Jamais !

MARIE-ANGE, *à part.*

Allons demain ouïr la Sainte-Messe.

ᵍᵍᵍᵍᵍᵍᵍᵍᵍᵍᵍᵍᵍᵍᵍᵍᵍᵍᵍᵍᵍᵍᵍᵍᵍᵍᵍᵍ

## SCÈNE XX.

### LES MÊMES, *moins* FONTENAY.

*Pause. — Bruit de pas dans la chambre latérale.*

JULIETTE.

Du pain ! J'entends maman…

*Attention des enfants.*

LANGLOIS, *avec anxiété et à part.*

Me serais-je trompé ?

JULIETTE, *à ses frères.*

Mes frères, le bon Dieu de nous s'est occupé,
Il faut l'en remercier ce soir dans nos prières.

*Huit heures sonnent.*

LANGLOIS, *à part.*

Huit heures au couvent des dames de Fourvières.

ᵍᵍᵍᵍᵍᵍᵍᵍᵍᵍᵍᵍᵍᵍᵍᵍᵍᵍᵍᵍᵍᵍᵍᵍᵍᵍᵍᵍ

## SCÈNE XXI.

### LES MÊMES, *la femme de* LANGLOIS, *les yeux hagards, la coiffure en désordre, des vêtements déchirés et couverts de boue, du sang aux mains et trébuchant.*

LES ENFANTS.

Ciel !

LANGLOIS.

Ah !

LA FEMME LANGLOIS.

Les boulangers sont couchés…

MARIE-ANGE, *se cachant la tête dans le sein de son père.*

O douleur !

LANGLOIS, *à part, sanglottant.*

Jusqu'à la lie… Achève, achève moi, Seigneur !

## SECOND TABLEAU.

Nuit. -- Deux rues, l'une, au second plan, parallèle au fond du théâtre ; l'autre , au premier plan, donnant à angle droit dans la première, et formant la scène proprement dite : ce qui se passe à droite et à gauche dans la rue du second plan, n'est pas vu du public. -- A gauche et à droite, au premier plan et dans la rue où est censé placé le spectateur, c'est-à-dire celle où le tableau se déroule, les maisons de la maîtresse de Sertillan et celle de Fontenay. Un réverbère éclaire cette espèce de carrefour ; la corde en est attachée à la maison de Fontenay et à une maison de la rue du fond, suivant un rayon formant avec le côté droit de la rue du premier plan, prise comme base et l'encoignure de la maison de Fontenay comme centre de l'arc décrit, un angle d'environ soixante degrés, en allant de droite à gauche.

### SCÈNE I.

#### LEFROID, LIGNOL.

LEFROID.

Le bourgeois est donc fou ?

LIGNOL.

Pourquoi çà , vieux cerbère ?

LEFROID, *haussant les épaules, à part.*

Même force !

*Haut, et désignant de son bâton le réverbère.*

Comment s'appelle. .?

LIGNOL.

Réverbère ?

*A part.*

Il faut être soi-même à mettre à Saint-Yon,
Pour oser adresser semblable question ?

LEFROID, *regardant fixement Lignol.*

Hé bien ?

LIGNOL, *de même.*

Hé bien !

LEFROID.

Hé bien ! la lanterne publique
Te semble invention... heu !.. machiavélique , —
Car, dans le guet-apens dont nous sommes le bras ,
Et monsieur Sertillan l'âme...

LIGNOL, *l'interrompant et écoutant.*

N'entends-tu pas ?

LEFROID.

Rien ! — ... Saint-Machiavel,

*S'inclinant et se décoiffant.*

Auquel je rends hommage ,
Reconnaîtrait , sans doute , un homme à son image,
Frappant à l'occiput et préférant toujours
Le masque à la figure...

LIGNOL, *l'interrompant.*

Est-il..!

LEFROID, *continuant.*

Les nuits aux jours.

LIGNOL , *ne pouvant plus se contenir.*

Est-il bête ?

LEFROID, *se rengorgeant.*

Soupèse un peu tes mots , compère,
Tourmentant la poignée de son bâton.
Ou l'on te va prouver qu'on est fils de son père!

LIGNOL.

Je veux dire , par là , monseigneur soupe au lait...

LEFROID, *avec hauteur.*

Appelle-moi Toussaint ou Lefroid, s'il te plaît :
L'on est, comme tout autre, inscrit au baptistère...

LIGNOL , *à part.*

C'est ainsi que les noms peignent le caractère :
*Lefroid* est un volcan , *Lebeau* n'est pas très-bien,
Et *Lebon* ne vaut pas les quatre fers d'un chien.

LEFROID, *à part et regardant Lignol de travers.*

Hun ! jeune sacripan !

LIGNOL, *de même.*

Judas Iscariote !

*Haut et frappant sur l'épaule de Lefroid.*

Je veux dire par là , mon cher compatriote ,
Que tu sembles avoir oublié que Lignol
Porte toujours sur lui son petit rossignol ,
Qui se rit du point d'orgue et des quadruples croches.

*Tirant un passe-partout de sa poche et ouvrant la boîte contenant la corde du réverbère, placé contre la maison de Fontenay.*

Ut , ré , mi , fa , sol , la...

LEFROID.

Qu'est-ce ? tu le décroches ?

LIGNOL, *d'un ton sentencieux.*

L'on est plus Périgord , prince de Bénévent.

*Après avoir descendu le réverbère et éteint la lumière.*

Je lève le couvercle et laisse agir le vent :
Cela ne casse rien et n'éveille personne...

*Il le remonte. -- Demi-obscurité.*

LEFROID.

Ainsi doit se conduire un homme qui raisonne. —
Si la chose s'observe et cause de l'humeur ?

LIGNOL.

Misère ! On s'en prendra demain à l'allumeur,
Qui s'en prendra lui-même au fournisseur de mèche ,
Qui, s'il s'est mal levé, l'enverra... voir Bobèche. —

6

Il donne en ce moment Monsieur de Carabas. —
C'est ainsi que la faute est punie ici-bas...
Et produit sur le peuple un salutaire exemple...

LEFROID, *ironiquement.*

La justice a du bon...

                    *On entend sonner dix heures.*

LIGNOL, *écoutant.*

                    Chut! dix heures au Temple
Des amis du Saint-Père,
                              *Souriant.*
                    Autrement Huguenots.
    *Rires et bruit de verres chez la maîtresse de Sertillan.*

LEFROID, *prêtant l'oreille.*

On me paraît ici rire et casser des pots,
Corbleu! d'une façon toute napolitaine!

LIGNOL.

Ne te souvient-il plus que notre *capitaine*
Attend chez sa maîtresse, en vidant un flacon,
Que trois coups de sifflet l'appellent au balcon,
Sous lequel il va se donner certain spectacle,
Si le Ciel à nos vœux n'apporte pas d'obstacle?..

LEFROID.

Dans le vin est l'oubli comme la vérité :
Combien nous donne-t-il, à propos, tout compté?

LIGNOL.

Quatre napoléons...

LEFROID, *l'interrompant avec dédain.*

                    Peuh!
                *Continuant et montrant son bâton.*
                    Pour la comédie;
            *Montrant son poignard.*
Mais si la chose allait tourner en tragédie...,
Deux cents, un passeport pour le pays germain,
Et le voyage en sus.

LEFROID, *à part et avec férocité.*
                    Nous partirons demain!
                *Bruit de pas et de paroles à gauche.*

LIGNOL, *avec vivacité.*

Silence! on vient! c'est lui : je connais sa parole :
Allons! à qui saura le mieux jouer son rôle!
A d'autres les vains mots de meurtre et de remords.—
Couchons-nous tous les deux : nous sommes ivres-
                                        [morts.
                *Ils se couchent par terre.*

꙼꙼꙼꙼꙼꙼꙼꙼꙼꙼꙼꙼꙼꙼꙼꙼꙼꙼꙼꙼꙼꙼꙼꙼꙼꙼꙼꙼

## SCÈNE II.

LES MÊMES; RODRIGUE, SIMONNET, *sans
voir les deux premiers.*

RODRIGUE, *à Simonnet.*
La rue est très-obscure.

SIMONNET.
                    Et les mains un peu ternes :

La ville y devrait bien placer quelques lanternes,
D'autant plus que Rouen, depuis un mois ou deux,
Semble un vrai coupe-gorge italien.

RODRIGUE, *souriant.*
                                        Peureux!

SIMONNET.
Vous ne le pensez pas, c'est ce qui me console.

RODRIGUE, *avec effusion.*
Cher Simon!
                *A part, avec amour.*
                    Marie-Ange! oh!

SIMONNET, *heurtant la tête de Lignol.*
                                Gare la boussole!

RODRIGUE.
Deux hommes!

SIMONNET, *les examinant.*
                Devant qui l'on peut boire et manger.
                    *Poussant Lignol du pied.*
Ils ne paraissent pas vouloir se déranger.
        *Lui secouant le bras.*
Hé! l'ami!

LIGNOL, *d'une voix éraillée.*
            Qui va là?

SIMONNET, *grossissant la voix.*
                    Patrouille.

LIGNOL.
                    Le mot d'ordre?

RODRIGUE, *à mi-voix, à Simonnet.*
Conduisons-les chez eux.

SIMONNET.
            Bien volontiers.
                    *A Lignol.*
                    Désordre...

LEFROID, *à part et avec férocité.*
    *A Rodrigue.*
Quelle insouciance!

RODRIGUE.
                Ah! c'est à faire frémir!

LIGNOL.
Passez votre chemin et laissez-moi dormir.

SIMONNET, *à Lignol.*
Oui-dà! Pas d'ça, Lisette!
                *Il essaie de le relever.*
                    Allons!

LIGNOL, *bredouillant.*
                    Du vin! à table!

SIMONNET.
Il faut nous indiquer votre demeure.

LIGNOL, *se relevant avec impétuosité et d'un son
de voix naturel.*
                                Au diable!

Lefroid imite Lignol et donne trois coups de sifflet aigus. Au
même instant, les volets de la porte-fenêtre du balcon de la

maison de gauche, s'ouvrent, inondent la scène de lumière, et Sertillan, appuyé nonchalamment sur l'épaule nue de sa maîtresse, paraît au balcon, cherchant avidement sa proie des yeux. Une première lutte s'est engagée d'abord entre Lignol et Simonnet, et est aussitôt suivie par une seconde, plus acharnée encore, entre Lefroid et Rodrigue.

###### SIMONNET, à *Lignol.*

Infâme !

A Rodrigue.

Ils sont à jeun! corps à corps! sans merci!

Apercevant le poignard de Lignol, qui est tombé à terre.

Armés !

Appelant.

A l'assassin !

Ils disparaissent simultanément en luttant, le premier groupe à gauche, le second à droite. Simonnet a remarqué Sertillan au balcon et surpris des regards d'intelligence entre lui et les deux assassins, sortont Lefroid. — Pause d'un instant.

### SCÈNE III.

#### MARIE-ANGE, *arrivant par la gauche, les cheveux épars et les traits altérés.*

Où suis-je donc ici ?

RODRIGUE, *d'une voix affaiblie, dans la coulisse.*

A l'assassin !

###### MARIE-ANGE, *tombant à genoux.*

Mon Dieu! souffrirez-vous ce crime!
Au nom de votre fils, grâce pour la victime!

Elle se relève.

Faible femme, des vœux, voilà tous tes secours! . .

Passant lentement la main sur son front et avec un regard fixe.

Suis-je folle? Depuis une heure et plus, je cours
Tout à travers la ville et la boue, et ces hommes
Qui vont flairant le vice en ce monde où nous sommes,
Sans savoir où je vais! . . Ah! l'esprit me revient
Et graduellement mon âme se souvient . . .
Oui! mon père, ma sœur, mes frères... et ma mère...—
O malheureuse femme! ô souvenance amère! —
Je vais chercher du pain pour eux, pour moi, mais où?
Je ne connais personne et je suis sans un sou...

### SCÈNE IV.

#### MARIE-ANGE, *sur le devant de la scène;* SIMONNET, *sans la voir, armé d'une échelle, dont il appuie l'extrémité supérieure au balcon.*

MARIE-ANGE, à part, apercevant *Simonnet.*

Simonnet! où va-t-il avecque cette échelle?
C'est impossible! oh! non!... une froideur mortelle...

On entend le tocsin.

SIMONNET, *sur l'échelle, avec rage et ironie.*

O meurtre! l'incendie au moins a son tocsin !

Il disparaît.

MARIE-ANGE, *chancelant et tombant évanouie.*

Je me meurs... ô Rodrigue, à moi!

### SCÈNE V.

#### MARIE-ANGE, *évanouie.*

On entend, à gauche, la chute de deux corps.

### SCÈNE VI.

MARIE-ANGE, *toujours évanouie;* SERTILLAN *et* SIMONNET; *celui-ci tient le premier au collet, et l'amène violemment en scène.* (2e *plan.*)

SIMONNET.

Vil assassin!
Descends donc dans la rue et montre ta figure,
Qui me parus toujours du plus mauvais augure...

Ils luttent et disparaissent à gauche.

### SCÈNE VII.

MARIE-ANGE, *évanouie;* RODRIGUE, *ensanglanté et tombant à son apparition en scène.*

RODRIGUE.

Ah! lâche Sertillan, tu redoutais le sort,
Parfois juste, il est vrai, sur le champ de la mort...
Il est assez souvent favorable à l'intrigue... —
Marie-Ange!

MARIE-ANGE, *revenant un peu à elle.*

Mon nom! qui m'appelle!

Elle se relève avec une vivacité surnaturelle et va tomber sur le corps mourant de Rodrigue, dont elle a reconnu la voix, et, d'un accent déchirant et profond, s'écrie :

Rodrigue!
Oh! que vois-je? — Seigneur! — Toi, vous en cet
Vous êtes donc victime. .?                    [état!

RODRIGUE.

Oui... de cet attentat...

Marie-Ange éclate en sanglots.

### SCÈNE VIII.

#### LES MÊMES, SERTILLAN, UN LAQUAIS.

SERTILLAN, *bas et vivement, au laquais, en lui désignant du regard* Marie-Ange.

Va, cours, fais approcher doucement ma voiture,
Et que nous apprenions la fin de l'aventure...

RODRIGUE.

Adieu!

MARIE-ANGE.

Mon Dieu!

SERTILLAN, *continuant.*

... Demain, à la frontière avecque la donzelle,
Et je reconnaîtrai ton silence et ton zèle.

Sort le laquais.

MARIE-ANGE.

Rodrigue, un mot encor... Je vous aime, vivez!
Nous devons être époux... mon père... vous savez...
De baisers envers vous, oh! je serai prodigue!..

Elle l'embrasse avec délire.

Sa bouche est froide... mort!!!

Sertillan s'avance et veut l'enlever dans ses bras.

Qui m'enlève à Rodrigue?

SERTILLAN, *avec fureur.*

Un homme qui vous aime!

Il veut l'embrasser.

MARIE-ANGE, *avec horreur.*

Suppliante.

Arrière! Laissez-moi

Quelques instants encor son cadavre...

SERTILLAN, *avec un ricanement infernal.*

Il est froid! —

Viens, viens, suis-moi sur l'heure, ou vois flétrir tes
[charmes

Lui montrant Lignol et Lefroid, qui arrivent, l'un à gauche,<br>l'autre à droite.

Par ces hommes.

MARIE-ANGE, *reculant épouvantée devant Le-<br>froid, dont les mains sont couvertes de sang,<br>à Sertillan.*

O ciel! voyez couler mes larmes!

Elle se traîne à genoux vers lui.

Grâce!

SERTILLAN, *à ses hommes.*

Saisissez-là!

Roulement de voiture.

## SCÈNE IX.

LES MÊMES, FONTENAY, *se précipitant sur la<br>scène par une fenêtre du rez-de-chaussée, un<br>sabre de cavalerie nu à la main, nu-tête,<br>d'une voix de tonnerre aux sicaires.*

Moi, je vous le défends!

Et le premier qui bouge ici, je le pourfends!

Apercevant Rodrigue.

Un cadavre!

MARIE-ANGE, *à Fontenay.*

Merci!

Le reconnaissant.

Fontenay!

FONTENAY, *reconnaissant Marie-Ange.*

Marie-Ange!

A part.

Dois-je en croire mes yeux et cette scène étrange!

Une patrouille s'avance au pas de charge.

Mais le poste voisin se dirige vers nous.

Sertillan cherche à fuir; paraît Simonnet, qui l'arrête.

LE CAPORAL, *à ses hommes.*

Joue!

A tous.

Au nom de la loi, je vous arrête tous!

Evreux, Imprimerie de Jules ANCELLE.

OUVRAGES DE L'AUTEUR.

Publié :

ROMANCES ET CHANSONNETTES,
Avec une lettre de M. BÉRANGER à l'Auteur ;

STENIO, *Drame en deux actes, en vers ;*

VENDETTA,
*Drame en un acte, en vers.*

Inédit :

# LE SACRILÉGE,
*Drame en quatre actes, en vers.* —
Le manuscrit de ce Drame a été honoré d'une lecture par M. VICTOR HUGO.

AVANT LE BAL,
*Comédie en un acte, en vers ;*

LES COULISSES,
*Comédie-Roman, en vers ;*

COURTISANE ET BOURREAU,
*Drame en un acte, en vers ;*

LOUIS XI A LOUVIERS,
*Drame en cinq actes, en prose.*

Sous Presse :

LA MORT
DE
# MARGUERITE DE BOURGOGNE,
*Drame en deux actes, en prose,*
POUR FAIRE SUITE A LA TOUR DE NESLE.

Evreux ; Typographie de Jules ANCELLE.

www.ingramcontent.com/pod-product-compliance
Lightning Source LLC
Chambersburg PA
CBHW061733180626
46818CB00006B/2589